O GRANDE GRRRRR

MARIE-SABINE ROGER

MARJOLAINE LERAY

Tradução

BRUNO ANSELMI MATANGRANO

Rio de Janeiro, inverno de 2024

ping de luz

Numa segunda de manhãzinha,
o Grande Grrrrr para o seu caminhão
em frente a uma linda casinha.

Ele carrega um pacotinho.
Um pacotinho todo enfeitadinho.

O Grande Grrrrr toca a campainha. Não forte o bastante, certamente, pois ninguém diz nadinha, pois ninguém o atende.

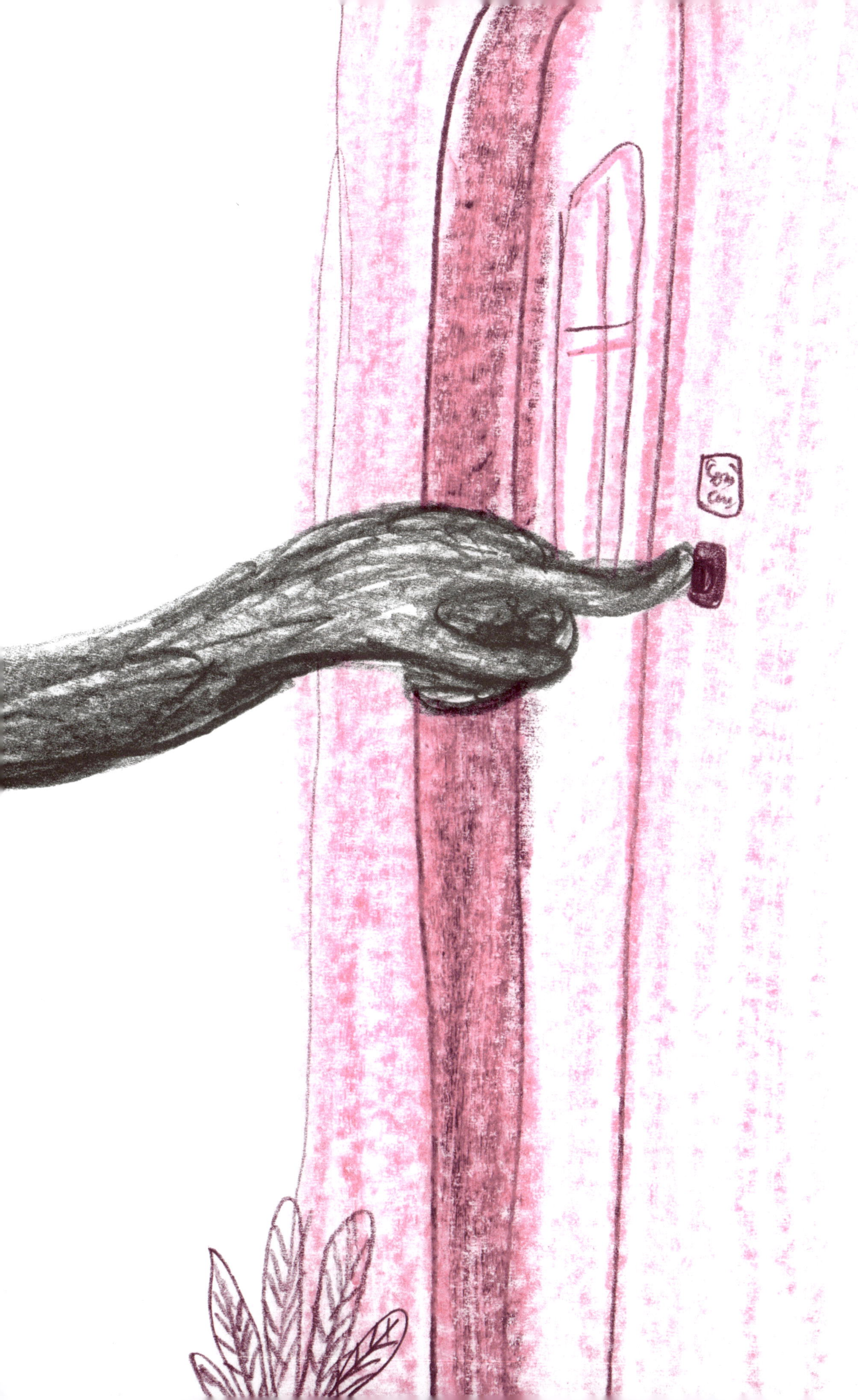

TRA LÁ LÁ

Ele espera um pouco,
com o pacotinho nas mãos,
cantarolando uma canção.
Mas a porta continua fechada.

O Grande Grrrrr toca de novo.
Porém, ninguém.

Eis que a chuva começa a cair.
Ela, plic ploc, vem certeira,
pingando bem em sua cabeçona espinhuda,
justo entre as suas orelhas, plic ploc,
suas orelhonas peludas.

O Grande Grrrrr arranha a porta,
mas nada de nada.

Ele tamborila com a ponta dos dedos bem de leve,
educadamente.

Ele bate forte as patas de trás,
sapateia com as patas da frente.

E, então, sente a sua cabeça ficando quente!

Chove cada vez mais forte. Chove aos baldes, sem parar.

O Grande Grrrrr se arrepia de frio.

Resmunga, reclama, rosna e ruge cada vez mais bravo: grrrrrrr!

GRRR
GRRR
GRRR!

O Grande Grrrrr volta a bater na porta
com sua grande pata cheia de garras.
Sem dúvida, bate forte demais.
A porta fica um pouco estragada...
mas continua fechada!

GRRRAAAAAHHH!

O Grande Grrrrr dá uma chute
tão forte que toda a casa treme,
se desmantelando como uma sanfona.
Mas a porta permanece fechada.
Ah, não!

O Grande Grrrrr fica louco!
Grrrrrunhe cada vez mais forte,
destroi paredes e janelas,
de cima a baixo, de um lado a outro.
A casa fica toda espatifada!

Depois de uma hora de gritaria,
não sobra nada além de migalhas,
um Grande Grrrrr sem fôlego,
ensopado, e também um pacotinho...
um pacotinho enfeitado.

Do fim da rua, então, em passinhos,
vem uma vovozinha bem bem velhinha
tremendo sob a chuva, agarrada à sua
bolsa e à sua sombrinha.

Vendo o Grande Grrrrr e seu pacotinho, sorri por trás de seus óculos enormes.

— Aaah, é o presente dos meus netinhos para os meus noventa e nove anos!

Pega o pacotinho — ainda enfeitado — das mãos do Grande Grrrrr, agora envergonhado.

— Espero não ter feito o senhor esperar! Fui buscar pão! Ando devagar porque quase não consigo enxergar.

No pacotinho, tem uma lupa e histórias de amor e aventura.

— Muito obrigada! Sim, obrigada, realmente! É tão raro alguém paciente... o senhor quer um chocolate quente?

O Grande Grrrrr gagueja, confuso, e toda a sua raiva, ploc, evapora de repente.

... GRRRRR, GRRRRO, GRRRRRooouW!

GRRREXPRESS

GRRREXPRESS
GRRREXPRESS

MARIE-SABINE ROGER

Antes de decidir se dedicar à escrita, foi professora de jardim de infância durante dez anos. Domina bem um registro mais voltado para o humor, do mesmo modo que conjuga também certo tipo de seriedade, além de gostar de confrontar diferentes gêneros. Seu romance *La tête en friche* foi adaptado para o cinema, em 2013, por Jean Becker, e ficou conhecido no Brasil como *Minhas tardes com Margueritte*. Até agora, publicou cerca de uma centena de livros – tanto infantis quanto para adultos –, pelos quais já ganhou diversos prêmios.

MARJOLAINE LERAY

Desde criança, praticava desenho com um estilo realista e acadêmico. Decidiu, então, prosseguir seus estudos em artes aplicadas, mas acabou desisitindo de qualquer tentativa de desenho consciente e regular. Em 2009, equipou-se com lápis preto e vermelho para rabiscar seu primeiro livro: *Un petit chaperon rouge*, conquistando um estilo inconfundível. As suas obras são marcadas por cores fortes e ilustrações vivas e, ainda, um senso de humor rebuscado que atrai leitores de todas as idades. Hoje, ela desenha para a imprensa e algumas editoras, como também escreve suas próprias histórias.

Este livro contou com o apoio à publicação do Institut Français.

AMBASSADE DE FRANCE AU BRÉSIL
Liberté
Égalité
Fraternité

INSTITUT FRANÇAIS

Rua Araxá, 655/202 - Grajaú, Rio de Janeiro - RJ
Cep: 20.561-114 Tel.: (21) 98207.8535

Edição de textos: Ana Clara das Vestes
Edição e *design*: Larissa Kouzmin-Korovaeff

Dados Internacionais de Catalogação na Publicação (CIP)
Fabio Osmar de Oliveira Maciel - CRB-7 6284

R723g
Roger, Marie-Sabine
O Grande Grrrrr / Marie-Sabine Roger ; Marjolaine Leray ; [tradução: Bruno Anselmi Matangrano]. - 1ª. ed. - Rio de Janeiro : Pingo de Luz, 2024.
36 pp. : il. ; 28 cm.

Título original: Le Grande Grrrrr
ISBN 978-65-85206-20-4

1. Literatura infantojuvenil francesa. 2. Conto I. Leray, Marjolaine. II. Matangrano, Bruno Anselmi. III. Título.

471-020-24 CDD : 808.899282

Índices para catálogo sistemático:
1. Literatura infantojuvenil francesa 808.899282

Impresso pela Gráfica Santa Marta, com papel proveniente de manejo sustentável, no inverno de 2024, quando o Grande Grrrrr praticava yoga e meditação.

Tipologia: *Basic Sans* e *Crayon Hand;* papel miolo: offset alta alvura 150g/m; papel capa couchet fosco 150 g/m. (1.ª edição: 1.ª impressão).

FSC
www.fsc.org
MISTO
Papel | Apoiando o manejo florestal responsável
FSC® C005648

pingo de luz
Livros feitos por afeto para provocar encantamento e vontade de mudar o mundo.
www.editorapingodeluz.com.br
@editorapingodeluz